Amsterdam

La

Belle Cabaretière

ou

Le Procureur à la mode

comédie

LA BELLE
CABARETIERE
OV LE
PROCVREVR
A LA MODE.

COMEDIE.

A AMSTREDAM
Chez RAPHAEL SMIRNE
proche le grande Place à l'En
feigne du Mouton d'Or.
M. DC. LXXXXII.

ACTEVRS.

LA VALEE Cabaretier, Pere de Manon.
MANON, Fille de la Valée, Amante de Cleante.
TOINETTE. Servante de Manon.
CLEANTE, Officier de Dragons, & Amant de
   Manon.
CRISPIN, Valet de Cleante, & demeurant chez
   la Valée.
Mr. DVPAS, Maistre à dancer.
Mr. DESVOIX, Maistre à chanter.
LE CHEVALIER, Gascon Amant de Manon.
VE ABE'
Deux EGIPTIENNES.
PIERROT & NICOLAS, Garçons de la Valée.
VIOLONS.
Mr. VOLANT, Procureur de la Valée.
LA VERDVRE, Laquais de Cleante.

La Scene est en Normandie.

LA BELLE
CABARETIERE
OV LE
PROCVREVR
A LA MODE.
COMEDIE.

SCENE PREMIERE.

CRISPIN *seul.*

DE fameux Valet de Chambre que j'étois d'un Capitaine de Dragons, me voila devenu garçon de Cabaret, & cela pour fervir la paſion de mon Maiſtre ; il eſt amoureux de la Fille du logis qui eſt riche & belle, il ne peut plus la voir par la contrainte où ſon Pere la tient depuis plus d'vn mois, cependant il faut trouver moien.

SCENE II.

MANON, TOISNON, CRISPIN.
MANON.

Ve fais-tu là Crispin ?
CRISPIN.

Je rêve à vous rendre service.
TOINETTE

Faut-il tant rêver ?
CRISPIN

Oüi, si tu sçavois ce que c'est que servir la passion de deux Amans! c'est la chose du monde la plus embarassante, on a toute la peine, on n'a point de part au plaisir, le plus souvent querellez de l'un &de lautre, & quelque fois pis.
TOINETTE

Voila une belle bagatelle pour un homme d'intrigue comme toi, j'ay fait autre fois ce commerce, & j'en suis toûjours sortie à mon honneur.
CRISPIN

Puisque tu es si habile, aide-moi à duper nôtre vieux Maistre, & le faire consentir que Cleante revienne ici, & parle à ta Maitresse comme il faisoit.
TOINETTE

Je le veux bien.
MANON

Ma pauvre Toinette je t'en prie, cherche, invente un stratagême,...
TOINETTE

Madame il n'est rien plus aisé, & si j'avois été à la place de Crispin l'affaire seroit déja faite.
CRISPIN

Tu vas donc bien viste en besogne ?

TOINETTE

Oüi , j'aime à preſſer les affaires , & je défie le plus
habille homme d'être auſſi prompt que moi.

CRISPIN

Ie le croy bien les femmes ont un fonds... d'eſprit , devant qu'il faut mettre pavillon bas ; Mais
ſongeons a noſtre affaire.

TOINETTE

Voicy comme il s'y faur prendre : Voſtre Pere
depuis un temps pleure ſon fils qui a été aſſez
for pout s'enrôler dans les Dragons , & dont il
n'entend point parler.

MANON

Il eſt vray.   **CRISPIN**   Eh bien ?

TOINETTE

Il faut que tu feignes de l'avoir vû à l'armée ,
qu'il eſt dans la compagnie de Cleante , auſſi-toſt
il ſouhaittera qu'il revienne icy pour en ſçavoir des
nouvelles.

CRISPIN

Tu as raiſon, mais il demandera d'où vient que
Cleante ny moy ne luy en avons rien dit plûtoſt.

TOINETTE

Tu luy diras que tu ne le connoiſſois pas pour ſon
fils ny toy non plus parceque il a pris un nom de
guerre.

CRISPIN

C'eſt bien dit... D'ailleurs comme voſtre Pere
n'a pas trop d'eſprit , je croy que noſtre affaire
réuſſira , mais ie crains que ce Diable de Gaſcon
qui vous aime ne nous embaraſſe.

TOINETTE

Ce n'eſt pas luy que nous avons le plus à craind-
dre ; j'ay deux Egiptienne qui nous en deferont ;
Il eſt ſi vain & ſi credule qu'il croit tout ce qu'

Iuy dit à fon advantage : mais c'eft noftre diantre
de Procureur avec qui vôtre Pere vous veut marier.

MANON

Il eft vray, quoy que ie luy aye montré beaucoup
d'averfion, & fait plufieurs piéces, ie crains qu'il
ne nous donne de la peine.

CRISPIN

Madame, il n'eft point de Procureur dont ou ne
ne vienne à bout moiennant de l'argent, & ne vo-
yez-vous pas que tous les jours ils vendent leurs
parties, & fe vendroient eux-mêmes fi on les
vouloit acheter ? je fçay bien la manière de le
corrompre, & ie prétens qu'aujourd'huy luy même nous ferve dans noftre entreprife. Adieu je
vais commencer par Monfieur voftre Pere, toy
fonge de ton cofté.

TOINETTE

Ne t'en mets point en peine.

MANON

Tenez l'un & l'autre voila pour vous encourager.

CRISPIN

Ah ! Madame.   **MANON.**   Tien.

CRISPIN

L'intereft ne me gouverne pas, &c.

MANON

Ie le fçai, mais prens.

CRISPIN

L'argent n'eft pas mon maiftre.

TOINETTE

Madame donnez-le moy ie luy garderai.

MANON

Non, tens la main.

CRISPIN, *il tend les deux mains.*

Vous donnez de fi bonne grace, qu'on ne peut fe
defendre de recevoir de vous.

TOINETTE

Qu'il l'entend bien.

CRISPIN *revenant sur ses pas.*

Vous m'assurez que l'Ecu est bon.

MANON Oüi.

CRISPIN

Ce n'est pas qu'on se soucie de l'argent, mais c'est qu'on est bien aise de ne tromper personne.

SCENE III.

MANON, *TOINETTE*, MANON.

SI mon frere étoit icy, il seroit de nostre intelligence. TOINETTE

Que d'autre s'avisoit-il d'aller à la guerre, pour moy si j'avois été homme je me serois bien gardé de faire ce métier là, il y a trop de risque, j'aurois mieux aimé être Abé, ce sont des gens de plaisir, & qui ne tirent pas, comme l'on dit, leur poudre aux moineaux ; que dites-vous de celuy qui vient icy, je croy que ce n'est pas le vin seul qu'il y attire, il demande toûjours où vous estes. MANON

Je ne m'en soucie guere.

TOINETTE

Quoy ! sa perruque poudrée son petit colet tiré, & ses manchettes si bien godronnées, & son langage si douçereux, ne vous touche pas le cœur ?

MANON Non.

TOINETTE Non.

MANON Non, te dis-je.

TOINETTE

Vous ne resemblez pas à bien d'autres.

MANON.

Hors Cleante, tous les hommes ge me sontrien;

depuis qu'on m'a empefche de le voir, voy
comme il a trouve moyen de gagner mon maiftre
à chanter, & mon maiftre à dancer, pour me
faire tenir fes lettres.

TOINETTE   Il eft vray.

MANON

Il a tant d'efprit, fes manieres font fi enga
geantes. Ah! fi tu le connoiffois comme moy
tu ferois de mon goût.

TOINETTE   Ie le croy.

Il faut que tu ayes le plaifir de l'entendre tefte
à-tefte.   TOINETTE

Tefte-à-tefte Madame? & que nennin, je ne fuis
pas fi fotte que jay été.

MANON   Que crains-tu?

TOINETTE

Que fçait on ce qui peut arriver.

MANON   Il eft trop honnefte pour.

TOINETTE

Eh mon Dieu, Madame, il eft de certains mo
mens où l'honneftere. Enfin je connois mon foi
ble.   MANON   Que tu fais la folle.

TOINETTE

Ie fçay ce que ie dis, & tel eft fage auprés de
la maiftreffe qui eft fou avec la fervante, mais voi
cy voftre maiftre à dancer.

SCENE IV.

MANON, TOINETTE, DVPAS *danceur*

MANON

IE n'ay guere envie de dancer aujourd'huy Mrs
Dupas.   DVPAS

Comme il vous plaira, Madame. Voila un bil
let de la part que vous fçavez.

MANON

MANON

Ie vous fuis obligée Mr. Dupas

TOINETTE

Vous autres Maiftres à dancer, vous avez un talent merveilleux pour les intrigues amoureufe.

DVPAS

Cela eft bon aux Maiftres à chanter.

TOINETTE

Il en eft parmy vous qui feroient des leçons aux coiffeufes les plus habiles.

DVPAS

Pour moy ie ne fuis pas de ce nombre,

TOINETTE On le voit bien.

MANON

Repaffez icy ie vous donneray la réponfe.

DVPAS

Ie n'y manqueray pas, Madame,

TOINETTE

Ah, ah, Mr. Dupas, on voit bien que vous eftes de l'Opera, car vous avez un laquais.

DVPAS

Point c'eft un petit Ecolier que j'ay, qui dance fort joliment une Entrée que ie luy ay montrée.

MANON   Voions.

DVPAS

Volomiers... Il dance... Que vous enfemble?

MANON   Il eft fort plaifant.

TOINETTE

I'entens voftre Maiftre à chanter ; écoutés, Ces diantres de Muficiens ont toufiours un pré-lude à la bouche,

SCENE V.

MANON, TOINON, DVPAS.
DESVOIX *derriere le Théatre.*

DESVOIX

LA, la, la, la. Madame, je viens plutoft que
de coûtume, mais jay quelque chofe à vous
dire de la part de. *Il luy parle à l'oreille,* & vous
rendre cette lettre.

DVPAS

Que vous ay-je dit, & bien entend-il le commerce; TOINETTE Comme vous.
DESVOIX Que dites-vous, hem?

TOINETTE

Ie dis que vous fçavez bien voftre métier l'un
& l'autre. DESVOIX
Il y a quelque difference.

DVPAS

Oüi car ie fuis de l'Academie, & il n'en eft pas;

DESVOIX

I'en ferai quand ie voudrai.

DVPAS

Il faut avoir un merite diftingué pour y entrer;

DESVOIX

Nous y en voions qui n'en n'ont guere.

DVPAS   Qui font-ils?

DESVOIX,

Il y en a tant fans vous nommer.

DVPAS

Tu es un ignorant de parler ainfi, & tu n'es
propre qu'à chanter au Pont-neuf.

DESVOIX   Moi?

DVPAS

Toi, tu gâte la voix à tes Écoliers avec ta vi-

Iaine méfode. DESVOIX
C'eft toi, qui eftropie les tiens, & tu n'eft propre
qu'a faire dancer des Singes.
DVPAS
Si je te prens ie te ferai chanter d'un ton.
DESVOIX. Ie te ferai chanter d'un air.
Ils fe veulent battre en tournant au tour de Toinette
TOINETTE. Meſſieurs doucement.
DVPAS
C'eft un âne que ie vais décrier par tout.

SCENE VI.

DESVOIX

A La premiere rencontre je t'aprendrai à par-
ler. Madame ie vous demande excufe de
meſtre un peû emporté. Souhaitez-vous chanter?
MANON
Non, je fuis trop enhumée.
DESVOIX
I'avois envie de vous aprendre un Air nouveau.
MANON Chantez-le Mr Desvoix.
DESVOIX
Ie le veux bien, la, la, la. Ie n'ai pas le gofier
bien libre aujourd'hui pour faire les paffages,
mais n'importe. Hem, hem.
Il chante Air
En vain par les rigueurs d'une cruelle abfence,
  On croit éteindre de beaux feux.
On peut bien empêcher le commerce des yeux,
Mais des cœurs on ne rompt iamais l'intelligence.
  Plus on penfe en brifer les nœux,
  Plus on enflafte l'efperance,
En vain par les rigueurs d'une cruelle abfence
  On croit éteindre de beaux feux.

Bij

Que vous enfemble ?

MANON   Cét air eft fort joli.

TOINETTE

Il faut que je vous en chante un qu'on m'aprit
hier, qui eft for drôle, Ecoutez-le.

Elle chante.   Chanson.

Nannette l'autre iour étant avec Martine
De fon cœur inquiet luy contoit l'embaras ;
J'aime mieux difoit-elle en foufpirant tout bas.

 Pierrot le fils de Claudine
 Pour peu que ie fois chagrine,
 Il baftifole, il badine,
 Me baife les mains & les bras.
 Mon Pere me deftine
 Le Fils du grand Nicolas,
 Mais-ie n'en fais point la fine,
 Ma fy ie ne l'aime pas !

DESVOIX

Il eft fort burlefque.   MANON

Adieu Mr. Desvoix. Allons faire reponfe à
Cleante.   TOINETTE

Moi, ievais advertir mes Egiptiennes de fe trouver icy, & les inftruire de ce qu'il faut qu'ils
difent. J'entens voftre Pere fortons.

SCENE VII.

On ouvre le fonds du Téatre, & on voit une
Table couverte d'une nape

LA VALEE, PIERROT, NICOLAS,
LA VALEE.

Pierrot, Nicolas.

PIERROT Monfieur.

NICOLAS   LA VALEE

Pierrot, porte une bouteille de vin de Bour-

gogne à cét écot qui eſt à Trianon, & toi Nicolas va me faire une bouteille de vin de Cham-
pagne & luy donne la couleur comme il faut
& la va porter à ces Meſſieurs qui ſont dans le
cabinet. Depuis la mort de ma femme ie n'ay que
du chagrin : ma Fille m'en donne ; je me ſuis
aperçu qu'un Cavalier luy en contoit, mais i'y
ai mis bon ordre, & ie préteus qu'élle épouſe
mon Procureur ; c'eſt un homme veuf & qui eſt
bien dans ſes affaires ; il doit venir icy aujour-
d'huy, il faut que nous faſſions un Contract enſemble quoy que ma Fille en diſe, afin de m'en
débaraſſer. Mon Fils d'autre coſté qui m'a quité
pour allèr a la guerre me donne de l'inquiétude :
je ne reçois point de ſes nouvelles & ie crains
qu'il ne ſoit mort.

SCENE VIII.

Criſpin a entendu une partie de ce qui ſe vient
de dire.

LA VALÉE, CRISPIN.

CRSPIN *à part.*

L'Ocaſion eſt favorable: feignons. Monſieur ?
    LA VALÉE Que veux-tu ?
CRISPIN
Vous conſoler ſi ie pouvois : qu'avez-vous ?
LA VALÉE
Bien du tourment de ne point reçevoir de nouvelles de mon Fils qui eſt à la guérre.
CRISPIN
Monſieur, tel que vous me voyez, i'ay été autrefois à l'armée, & ſi vous me dépeignez Monſieur
voſtre Fils je pourrois peut-eſtre vous tirer de
peine.

LA VALEE . Toi ? Crispin.

CRISPIN

Oüi mey ? i'ay servi dix ans dans les troupes, &
il n'y a point d'Officier ny de drillot que ie ne con-
noisse. I'ai été Soldat , Cavalier , Cuirassier ,
Dragon, **LA VALEE** Dragon ?

CRISPIN

Oüi Dragon; & si ma foy ie n'en suis pas plus
riche, Ce qui fait bien voir que le merite n'est
pas tousiours recompensé.

LA VALEE

S'il est ainsi, tu pourrois bien avoir veu mon fils ;
on dit qu'il est Dragon , qu'il a pris le nom de
Sainte Croix.

CRISPIN Sainte Croix ?

LA VALEE

Oüi, c'est un grand garçon bien fait.

CRISPIN

Eh ie ne connois autre que Ste Croix, c'est mon
meilleur ami, nous avons servi ensemble.

LA VALEE Est-il possible ?

CRISPIN

Allez nous nous sommes vûs luy & mey dans des
lieux ou il faisoit diablement chaud ! Tout ce que
je puis vous dire c'est que vous avez un fils qui est
brave comme l'épée qu'il porte , & bon enfant
ma foy. **LA VALEE** I'en suis ravi.

CRISPIN

Depuis qu'un jour nous emportâme ensemble, un
Ouvrage à Corne, nous nous aimons que cela
n'est pas croiable. **LA VALEE**

Vn ouvrage à Corne ! quelle beste est-ce là ?

CRISPIN

La pecore ce n'est point une beste, c'est une for-
tification., qui est diablement forte, & faite d'une

maniere..? que ie ne puis pas bien vous dire , mais.. que vous concererez facilement.. par ce que vous allez entendre,.. car un bastion.. est de forme.. triangulaire.. & revétu de palissade, une demie Lune est ovale., & fortifiée par son canon, mais un ouvrage a corne est deffendu par la Cavalerie qui est dessus , &.. enfin nous l'emportâmes le pistolet à la main , & nos chevaux y furent tuez sur le bréche.

LA VALEE

Mon Fils n'y fut-il point blessé ?

CRISPIN

Nous y reçûmes quelques blessûres legeres de cinq ou six Carcasses qu'on nous a jettées sur le corps. Et ensuitte, on fit joüer une mine qui nous fit sauter jusque dans la place que nous ataquions qui par hazard fut prise dans le temps que nous étions en l'air.

LA VALEE

Quel bon-heur ! Mais tombant de si haut ne vous tuâtes vous point ?

CRISPIN

Non , nous tombâmes justement sur du fumier que les Bourgeois avoient mis dans les ruës pour empescher l'effet des bombes & des grenades.

LA VALEE

Vous fustes bien-heureux.

CRISPIN

Vous voiez bien par ce que ie vous dis que ie connois Mr de Ste Croix vôtre Fils qui est un grand garçon bien fait qui sert dans les Dragons,

LA VALEE

Cela est vray,

CRISPIN

Ah s'il ne m'avoit point caché son nom de fa-

mille, il y a long-temps que ie vous aurois tiré
de peine.

LA VALEE   Où est-il presentement.

CRISPIN

Il doit estre en garnison en Flandre., ou bien à
la cuisine de quelque enfant de Calvin ; mais
pour en sçavoir des nouvelles certaines, il faut
parler à son Capitaine, il est ici, ie le connois,
il se nomme Cleante. LA-VALEE   Cleante

CRISPIN

Oüi qui venoit icy autrefois.

LA VALEE   Ah que ie suis fâché,

CRISPIN

Comment Monsieur? LA VALEE
C'est que i'ay deffendu à ma fille de luy parler.

CRISPIN   Tout de bon

LA VALEE

Oüi, c'est luy qui est cause que ie la tiens de si court

CRISPIN

Cela est facheux, mais ie serai bien en sorte de
le faire venir icy.

LA VALEE

Ie crains qu'il ne vienne pas, & qu'il ne soit en
colere contre moy.

CRISPIN

Point, point c'est un fort honneste homme, &
quand il sçaura que vostre Fils est dans sa Compagnie & que vous en estes en peine, il viendra
aussi-tost vous en dire des nouvelles, & vous of-
frir ses services.

LA VALEE

Crois-tu cela ?

CRISPIN

Ie n'en fais aucun doute, mais sans perdre de tems,
ie m'en vais le chercher.

LA VALEE

Dis-luy bien que ie suis fâché de ce qui c'eſt paſſé,
que je n'avois pas l'honneur de le connoître , &
qu'à l'avenir il ſera le Maiſtre chez moy, Ie cours
avestir ma fille de le bien recevoir & l'inſtruire de
tout.. . Paſſe auſſi chez mon Procureur, qu'il
vienne comme il m'a promis. *Il ſort.*

SCENE IX.

CRISPIN

IE n'y manqueray pas. Tout va bien , allons
trouver Cleante pour luy dire ce qui ſe paſſe,
& nous irons enſuite empaumer le Procureur.
Mais le voicy juſtement.

SCENE X.

CRISPIN. VOLANT,

CRISPIN

MR. Ie vous allois chercher par ordre de
mon Maiſtre. *VOLANT*
Ie n'a pû venir plûtoſt comme ie luy avois promis,
il m'a falu dreſſer un côntraćt où nous avons ſur-
pris un certain quidam . *CRISPIN*
Comment Monſieur, eſt-ce que les Procureurs ſe
mélent auſſi de faire des contrats.

VOLANT

Pourquoi non ? Pour moi quand il s'agit de rendre
ſervice à mes cliens, ie fais le commiſſaire, le
Notaire, le Greffier & l'Huiſſier dans le beſoin.
 CRISPIN C'eſt bien fait.

VOLANT

Que ne faiton point pour gaigner de l'argent &
pour acquerir de la reputation d'eſtre habille homme

C

CRISPIN

Il est vrai. Mr. je sçay une affaire où il y a cent
Louis.   VOLANT   Cent Louis?

CRISPIN

Oüi, cent Louis? voyez si vous les voulez gagner.
VOLANT   Voila une bel-
le demande à faire à un Procureur. Cent Louis?
voftre affaire doit eftre bonne, mais telle qu'elle
puiffe eftre ie vous répons du fuccez. Sçachons
le fait.

CRISPIN

Le voicy. Deux perfonnes s'aiment & vou-
éroient bien eftre mariez enfemble, mais on apre-
hende que le Pere de la Fille ne faffe quelque di-
fficulté. Par voftre moyen fi on pouvoit luy faire
figner un Contract de mariage & le duper par là,
les cent Louis font à cette condition.

VOLANT

Songez à les tenir preft, la chofe vaut faite, dites
moy feulement qui eft le Pere de la Fille.

CRISPIN

Mais, Monfieur, fi c'étoit un de vos amis?

VOLANT

Quand ce feroit contre mon Pere, contre moy,
contre le diable, je vous ferviray, rien ne peut
m'empefcher; Mais au moins que les cent Louis.

CRISPIN

Cela eft feur, mais fi c'eftoit contre noftre Maître?

VOLANT

Je le voudrois pour me venger de fa fille qui me
hait, car ie tiens que c'eft luy faire affez de
mal de la marier, & me faire beaucoup de bien
que de m'en débarraffer.

CRISPIN.

Comment cela?

VOLANT

C'eft que le bon homme veut que je l'époufe malgré moy & malgré elle, mais comme ie fçai par experience les accidens qui arivent quand on époufe une femme de force; je ne veux pas m'y expofer.

CRISPIN

Puifque cela eft ainfi, je vous dis franchement que c'eft la Fille de noftre Maiftre dont il s'agit avec un Gentilhomme.

VOLANT

I'en fuis ravy, amenez-le chez moy, ie m'y rendrai dans une heure, & nous ferons ce qu'il faudra faire.   CRISPIN   I y cours.

VOLANI

St, St, Au moins ie vous atendrai les Piéces en main.

SCENE XI.

Voila une bonne affaire pour moy? Cent Louis! Il y a mille gens qui les doneroient pour eftre défaits de leur femme, & on me les donne pour me débarafter de celle qu'on veut ique i'époufe, *Motus*, Voici Mr. de la Valée.

SCENE XII.

LA-VALEE, VOLANT.
LA VALEE.

IE vous atendois avec impatience pour vous demander confeil fur une affaire,

VOLANT

LA VALEE Elle eft bonne!
Sçavez vous ce que c'eft?

VOLANT,

Non mais vous ne pouvez pas en avoir de mauvaise ayant un Procureur comme moy.

LA VALEE

Je vous suis obligé.

VOLANT

Il n'y a que la maniere de tourner les affaires qui
les rendent bonnes ou mauvaises,

LA VALEE

Mais comment se peut-on charger d'une mé-
chante cause.   *VOLANT*

Ah ' ah , c'est qu'on en perd tant de bonnes, &
qu'on en gagne tant de méchantes , qu'on prend
tout ce qui vient, Quand une affaire est juste on
se fie sur son bon droit, on ne sollicite point, on
croit que l'équité de sa cause suffit pour la gagner , & on se trompe le plus souvent ; mais quand
une affaire est épineuse , que la justice n'est pas
tout à fait de nostre costé, on met tout en usage
pour en venir à bout, & il y va de la réputation
d'u Procureur de la gagner.

LA VALEE

Mais comment gagner une cause qui ne vaut rien.

VOLANT

Bon , faites des presens ; ayez une femme jolie
qui sollicite , & vous estes seur d'en venir à bout,
Pour moy voicy de la maniere que j'en ay usé
que j'ay fait sauter ce matin : mon Chien estoit
demandeur, je me suis bien gardé d'avertir mon
Coisfiere que j'avois chargé, je vais secretement
au Greffe prendre mon defaut, & au bout de
la huitaine le profit avec dépens. Cette Sentence
point audiencée ? le Greffier est mon ami.

LA VALEE

Fort bien.

VOLANT

Cette Sentence levée & signifiée, le Procureur
de Partie se voyant dupé, présente sa requeste
pour faire raporter ce jugement comme surpris,
je m'en défens, ie dis qu'il n'avoit que les voyes
de Droit à prendre, & sur ce, ie l'en fis dere-
chef évincer avec dépens. La Partie obtient des
Lettres d'apel au neant. I'en consens l'enterine-
ment en réfondant dépens comme préjudiciaux où
j'ay mis à costé. Ie produis au principal, & dans
ma production j'y fais couler une Piéce fausse, la
partie ne manque pas de s'inscrire en faux, demande que la Piéce soit mise au Giffe paraffee
(*ne varietur*) icelle mise, il signe son inscription,
& moy mes soûtiens de verité, fais ensuite or-
donner qu'il garniroit l'amande portée par l'Or-
donnance Art. V. Mais au lieu de luy donner
trois jours pour faire cette consignation d'amande ; je fais apeler le lendemain la cause, dis que
toutes les inscriptions en faux sont autant de chi-
caneries pratiquées par un mauvais payeur; fais
juger faute d'avoir consigné l'amende, l'éviction
de son inscription, & pose en même temps des
faits à la preuve, des quels je me fais apoister ;
Pour des témoins sans aller à Domfront, on en
trouve icy ; j'en fais venir l'Enquesteur, le Com-
missaire les examine, on sçait bien que monnoie
fait tout ;' Enfin la preuve est faite ; je produis le
Procez verbal des noms & surnoms, âges, qualitez & demeures des témoins; saôns & salvations
sont baillées ; l'Enqueste est ouverte ; & les parties ayant conclu sur le bien & mal prouvé, on
met vers Iustice, qui donne Sentence en ma fa-
veur avec dépens.

D

LA VALEE

Voila d'une mauvaise cause en faire une bonne.

VOLANT

Ie l'ay fait (*mediantibus illi*) il luy en couste ; mais aussi il est sorty de cette affaire avec honneur ; mais sçachons la vostre car je suis un peu pressé.

LA VALEE

Vne Personne me doit de l'argent ; j'ay son billet : mais il n'a rien

VOLANT

Tant pis, vostre débiteur n'a-t'il point de parens qui porte son nom ?

LA VALEE

Oüi il a un cousin qui est riche & qui se nomme comme luy.   **VOLANT**

Tant mieux, nous le prendrons à partie comme s'il estoit son fait, il faudra bien qu'il paye, donnez-moy seulement vostre billet.

LA VALEE

Le voila, Heureux qui peut avoir un honneste Procureur.

VOLANT *aprés avoir regardé le billet à part.* Voila qui est bon. Ie prens vos interest comme les miens, étant prest d'estre vostre gendre

LA VALEE

Si vous voulez m'obliger, c'est de venir icy ce soir, afin de dresser le Contract & terminer cette affaire.   **VOLANT**

Ie le veux bien, adieu.

LA VALEE Ie vous atendray au moins.

VOLANT

Ie n'y manqueray pas, il y va trop de mon interest.

SCENE XIII.

LA VALEE

MA Fille sera bien heureuse d'avoir un si honneste homme, &.. Mais j'entens ce fou de Gascon, retirons-nous & allons voir si Crispin a trouvé Cleante.

SCENE XIV.

CHEVALIER, ABE', PIERROT.
CHEVALIER *derriere le Teatre.*

Hola Garçon.
 PIERROT *derriere le Theatre.*
On y va. Que vous plaist il Messieurs ?
 CHEVALIER
Bouteille du meilleur.
 PIERROT Vous allez estre servi.

SCENE XV.

CHEVALIER

MOnsieur l'Abé que dites-vous de la Belle Cabaretiere, la Fille du logis ?
 ABE'
Ie la trouve fort jolie.
 CHEVALIER A-t'elle de l'esprit.
 ABE'
Ie n'en ay pas assez pour en juger ; d'ailleurs, ie ne luy parlai que deux ou trois fois & fort peu de temps. CHEVALIER
Vn Abé Parler deux ou trois fois à une Fille & ne sçavoir pas ces bonnes & méchantes qualitez? Vous vous moquez de moy Dieu me damne, & vous

D ij

lez faire le fin à contre-tems : avoüez-moy de
bonne foy que vous estes bien avec elle ; je suis
homme diseret.　　ABE'　Vous voulez railler.
Quelle aparence y a-t-il à ce que vous dites ?

CHEVALIER

C'est mordi qu'il suffit d'estre Abé pour estre
heureux.　　ABE'
C'est une erreur où la plufpart des gens sont.

CHEVALIER

Je le croy effectivement, & vais vous en donner
une marque indubitable, je suis bien fait fans vanité ; cependant je n'ay jamais pu luy baiser la
main : vous concevez bien que quand on refuse
un homme comme moi, il n'y a rien à faire pour
les autres.　　ABE'　　Cela est vray.

CHEVALIER

Je m'en furpris d'abord, car c'est la premiere
qui m'ait jamais refusé, & c'est ce qui fait que
je veux l'épouser.

ABE'

L'épouser ? un homme de voftre qualité ?

CHEVALIER

Ma qualité en effet m'embaraffe : mais comment
faire je fuis pris, je l'aime, & je fuis conftant
comme un rocher.

ABE'

Eh bien époufez-la, vous n'avez qu'à parler.

CHEVALIER　　Sans doute,
mais je voulrois bien ne pas faire connoiftre que
je fuis de fi grande qualité, de crainte de les é-
pouvanter. Il faut que vous me ferviez dans ce
rencontre.

ABE'　*à part.*

Cet homme eft fou.

CHEVALIER　Hem ? que dites-vous ?

ABE' Que ie suis a vostre service.
CHEVALIER

Il faut donc que vous proposiez ce Mariage au
Pere, comme mon parent, & l'engager à me donner sa Fille au plûtost, car mordi je suis prompt
comme un éclair.

ABE' *à part.* Quel extravagant !
CHEVALIER Quoi ! que dites-vous ?
ABE'

Que j'admire vostre esprit, & que si j'étois à
vostre place, ie proposerois la chose moy-mémie.
CHEVALIER

Point, point, vous luy ferez mieux comprendre
l'avantage qu'il recevra de cette aliance que moi
Ie ne suis point accoûtumé à converser parmi de
menus gens. Sur tout promettez luy des benefi-
ces pour les enfans qui produiront de nostre Mariage. C'est par là qu'on atrape le monde aujour-
d'huy que les petits colets sont en regne.

ABE' *à part.*

Cet homme a perdu l'esprit, & ie serois plus fou
que luy de proposer cette affaire.
CHEVALIER

Me ferez vous cette grace ?
ABE'

Il faudra prendre jour pour cela. 3

SCENE XVI.

NICOLAS

MEssieurs, pendant qu'on vous tire du vin,
voulez-vous qu'on vous apreste quelque chose pour manger.
CHEVALIER

Iele veux bien que mangerons-nous ?

ABE' Ce que vous voudrez.

CHEVALIER.

As tu quelque chose de friand à nous donner?

NICOLAS

Nous avons poulets, lapins, cailles, perdreaux, levraux, becassines..

CHEVALIER

Fi, fi, cadedis la viande me put; Na's-tu point quelque bagatelle pour nous exciter l'apetit;

NICOLAS

Voulez-vous un ragoust, comme de champignons & de morilles, des trufles, &..

CHEVALIER

Dieu me damne ie croy que tu veux nous embla-fer; Non non, donne-nous seulement une salade d'anchois avec force siboules, ou bien des échalotes d'Espague; voila ce que j'aime, & vous Monfieur l'Abé.

ABE' Eh.. Souhaitez-vous quelque autre chose?

ABE' Non une salade d'anchois c'est assez. CHEVALIER

Mordi ne vous faites besoin de rien c'est moi qui vous régale Eh garçon sert nous promptement, & nous met dans une chambre honneste.

NICOLAS

Pefte du Garcon.

CHEVALIER Hem, que dis-tu?

NICOLAS Que vous allez estre servis.

SCENE XVII.

CHEVALIER

ALlons prests, prests. Ha, ha, veila de la Simphonie.

VIOLONS

Messieurs en souhaitez vous?
Volontiers. Donne-nous quelque chose de nouveau. J'ay le goust fin au moins, car je suis tous
les jours dans l'Opera. La, la, la, Ah mordi
que j'aime ce Menuet. La, la, la, *Il dance.* Hé
que dites vous de cette maniere de dancer. ces
Airs penetrez, le port de ces bras, le mouve-
ment de cette cheville du pied, & sur tout ce re-
gard languissant.   ABE'
Voila qui s'apelle dancer dans toutes les regles,
& on voit bien que vous hantez l'Opera.

CHEVALIER

Mr. l'Abé, faites un peu la femme avec moi.

ABE'

Je ne dance jamais. Mais voici tout à propos des
Egiptiennes qui prendront ma place.

SCENE XVIII.

EGIPTIENNES, CHEVALIER, ABE'
VIOLONS

EGIPTIENNES *Chantent en entrant*
Chanson.

Nous predisont plus de bien que de mal
A qui se plaist à nous entendre,
Nos Pieds ont Pour la dance un talent sans égal
Et nos mains en ont un aussi rare pour prendre,
O vous qui brulez d'aprendre qu'el sera vostre bon-
    heur
Auprés de vous quand nous irons nous rendre.
Tremblez pour vostre bource & non pour vostre
    cœur.

CHEVALIER

Ah qu'elles sont jolies. A ous petites dancez.

2. EGIPTIENNES

Oüi dea, mon bon Monsieur, *Elles dancent.*

ABE'

Elles dancent fort juste & de bon air.

CHEVALIER

Elles m'ont enlevé l'ame, oü je ne suis pas Gentilhomme; j'en veux donner le regal à une Duchesse de mes amie, qui a quelque inclination pour moi. Dites vous aussi la bonne avanture.

1. EGIPTIENNE Oüi, mon bon Mr.

CHEVALIER   Dites-la moi.

2. EGIPTIENES

Mets la piece blanche dans la main, nous te la dirons mon bon Mr. nous te la dirons.

CHEVALIER

Cadedis je n'ai que de l'orsur moi ? mais je vous ferai donner par le Maistre, dites seulement.

1. EGIPIENNE

Tu és amoureux mon bon Monsieur, tu és amoureux.   2. EGIPTIENNE

La personne que tu aimes est gentile.

CHEVALIER   Il est vray?

1. EGIPTIENNE

Elle est fiere, & ne rendra pas heureux celuy qui l'epousera.

CHEVALIER   D'où vient ?

2. EGIPTIENNE

C'est qu'elle le fera. tu m'entens bien mon bon Monsieur, tu m'en tens bien.

CHEVALIER   Quoy ?

1. EGIPIENNE

Ce que font tant de gens, ce que font tant de gens.

CHEVALIER

Mr. l'Abé, que dites-vous à cela.

ABE'   Ce font vos affaires,

1 EGIPTIENNE

1 *EGIPTIENNE*

Voyez une ligne qui croife dans cette main ci, qui
marque un grand bonheur !

CHEVALIER   Vn grand bonheur.

1 *EGIPTIENNE*

Vn grand bonheur ! une Perfonne de grande qualité connoiffant ton mérite fera amoureufe de toy
& tu l'epouferas.

CHEVALIER

J'épouferai une Dame de grande qualité ?

1 *EGIPTIENNE*   Oüi mon bon Mr.

ABE'.

Mr le Chevalier differez, quelque tems la demande de la belle Cabaretiere ; que fçait-on cé
qui peut arriver.

CHEVALIER

C'eft bien dit. Auffi bien il y a longtems que je
fuis menacé d'eftre grand Seigneur. Allez mes enfans, dites au Maiftre qu'il vous contente, quand
on a le bonheur de me plaire je parle comme un
Roy.

SCENE XIX.

CHEVALIER, ABE', PIERROT, CRISPIN

PIERROT

Meffieurs tout eft preft.

CHEVALIER

A Monfieur. St, Garçon qu'on donne une peti'te
Piéce à fes gens qui fortent.

PIERROT   Tout à l'heure. *Il fort.*

CRISPIN

Voila un homme bien liberal.

CHEVALIER

Cé fat raifonne je crois. Tien, voila pour l'a-

E

prendre à me connoistre.

CRISPIN *Il fait des reverences,*
Monsieur je vous remercie., je me serois bien
passé d'un tel present.

SCENE XX.

PIERROT

Quel present, qu'as-tu reçu ?

CRISPIN

Plus que je ne demandois.

PIERROT

Partageons le profit ensemble , tu m'en dois donner la moitié

CRISPIN   Il est vray
Il luy donne un coup de pied. Tien voila ta part.

PIERROT   Teste-gué je n'ai-
me pas ça au moins , pourquoy me frapes tu ?

CRISPIN

Tu me demandes la moitié de ce qu'on m'a donné , j'ay reçu deux coups de pied ; je t'en donne
un , tu n'as pas lieu de te plaindre.

PIERROT

Oüy , c'est donc comme cela que tu en use mor?
gue tu me le paieras.

CRISPIN

En mesme monnoie , apro che)

PIERROT

Jarnigué n'y reviens pas , car je me fâcherois au
moins.   CRISPIN

Voions cela. Atens-moi, atens moi; Il fait bon
faire le méchant , quoi. qu'on ait peur franchement je craignois bien qu'il ne me rendit ce que je
luy avois donné. Allons trouver nostre Maistre
pour le preparer à reçevoir Cleante ; je le viens

de quitter chez Mr. Volant Procureur qui doit
faire noftre affaire.

SCENE XXI

MANON, TOINETTE

TOINETTE

EH bien Madame, ne vous avois-je pas bien
dit, qu'auffi-toft que Mr. voftre Pere fçauroit
que fon Fils eft dans la Compagnie de Cleante,
il fouhaiteroit qu'il revint icy.

MANON.

Il eft vray.   TOINETTE

Diantre, que vous allez eftre aife, la prefence
d'un Amant que l'on aime, aprés un peu d'abfence, donne bien du plaifir, je le fçai par moy-mê-
me, & l'on m'en a conté autrefois.

MANON

Ie le croi tu as été affez jolie pour cela.

TOINETTE

Eh mon Dieu, Madame, nous pourrions bien en-
core paffer à la montre fans vanité.

MANON

Tu as raifon; mais il me femble que Crifpin tardé
de long-temps à revenir.   TOINETTE

Ah que les Amans font impatiens! fans doute
qu'il n'aura pas trouvé Cleante chez luy, & qu'il
le fera allé chercher en Ville.

MANON

Peut-eftre eft il en bonne compagnie où il fe diver-
tit, cependant que ie m'ennuie à l'attendre.

TOINETTE

Quoi Madame! vous eftes jaloufe. Ah ie ne vous
confeille point de vous remarier; ce n'eft pas que
la plus part des femmes coquettes feignes de l'ef-

tré de leurs maris pour mieux couvrir leur jeu,
d'autres disent par tout qu'ils ont des Maîtresses,
afin de s'autoriser à prendre des galands, ou qu'on
les excuse de ceux qu'ils ont.

MANON.

Ces femmes-là ne sont pas d'un modéle à suivre.

TOINETTE

Pourquoy non ?

MANON　　　Qui moy ? je ferois.

TOINETTE

Et vous serez peut-estre comme les autres & voudrez estre à la mode. Mais voila le valet de Cleätes

SCENE XXII.

MANON, TOINETTE, LA VERDVRE

LA VERDVRE

ST, St *siflant* Vu mot.　**MANON**
　　　Fais le avancer promptement.

TOINETTE *Aproche.* Qu'il a bû ?

LA VERDVRE

Hoc. t Chut. Madame, je voudrois avoir des
termes assez pénetratifs, & persuasifs, pour.

MANON.

Sans compliment que veux-tu ?

LA VERDVRE

C'est que mon Maistre connoissant la discretion,
& l'affection, avec laquelle ie le sers, m'a con-
fié cette léttre.

MANON　　　　*Donne,*

LA VERDVRE *Hoc,* La voila

MANON *Lit,*　　La Verdure mon cœur,

LA VERDVRE

Donnez, donnez, ce n'est pas là ce qui vous
faut ? Tenez voila la vestre,

MANON

MANON *lit tout bas*

TOINETTE

De qui eſt cette lettre là ?

LA VERDVRE

C'eſt d'une Damoiſelle de mes amies pour qui j'ay
quelque conſideration.

TOINETTE Vne Demoiſelle ?

LA VERDVRE

Oüi paſſambleu, une Demoiſelle, & qui eſt une
bonne vivante.

TOINETTE Ah je le croi.

LA VERDVRE.

Ie veux vous donner bouteille enſemble.

TOINETTE

Ie te remercie tu me fais trop d'honneur.

LA VERDVRE

Teſtigué tu fais bien la reſervée, eſt-ce qu'on ne
connoiſt pas les ſervantes de cabaret.

TOINETTE

Voyez ce que veut dire cet ivrongne ?

LA VERDVRE

Ivrogne., Ie n'ai mordi pas bû. mais taiſez-vous
car ie diroi. de certaines choſes.. qui. ſuffi.,
tu mentens bien.

TOINETTE Elle luy donne un ſoufflet.

Oüi ie t'entens, voila ma reponſe.

LA VERDVRE Eſt-ce tout de bon ?

TOINETTE Qu'en-du-tu.

LA VERDVRE

Si la fagoterie en eſt, c'eſt une autre affaire.

MANON

Adieu, va-t'en la Verdure,

LA VERDVRE

Madame, ie vous demande pardon., mais cela ne
ſe pratique point dans une maiſon d'honneur. de

E

recevoir un soufflet.

TOINETTE
Ie t'en donnerai bien d'autres. Marche, marche.
Bon, le voila par terre.

LA VERDVRE *aprés s'estre relevé*
Ecoutez donc, n'y revenez plus, car la peste
me tuë. ie vous, *motus*, vous me le paierez.

SCENE XXIII.

TOINETTE
Ovi, oüi. Le voila parti, Peut-on sçavoir ce
que Cleante vous écrit.

MANON Ecoute.
Ie vous donne avis que moiennant Cent Louis,
nous avons gagné le Procureur de Mr. vostre Pere,
il me cede les prétentions qu'il luy donnoit sur vous,
& doit ce soir faire signer nostre Contract de Mariage, comme si c'estoit entre luy & vous. Par ce
moien ie vais estre le plus heureux des hommes,
ne vous opposez point à ma felicité, & consentez
que ie sois tout à vous. Cleante.
Dans un moment j'aurai l'honneur de vous voir.
Eh bien, Toinette qu'en dis-tu ?

TOINETTE
Que nous irons bien-tost à la nopce.

MANON
Ah! Toinette que ie crains la colere de mon Pere.

TOINETTE
Eh ne craignez rien, quand la chose est faite,
il faudra bien vostre Pere se défâche, & que
Mais on vient, c'est Cleante & Crispin.

SCENE XXIV.

MANON, TOINETTE, CRISPIN, CLEANTE.

CLEANTE

Ah Madame, que i'ay de plaisir de vous voir & de pouvoir vous dire de bouche, ce que depuis un temps ie n'ay peu vous faire sçavoir que par lettre, vous devez estre instruite par ma derniere de tout ce qui se passe.

MANON

Oüi je sçai ce que le Procureur doit faire pour nous, mais j'aprehens de qu'il ne nous trompe.

CLEANTE

Cent Louis qu'il a reçeus, & la promesse que j'ay entre mes mains nous asseurent du succez.

MANON

Ie le souhaitte de tout mon cœur, mais quand on aime bien, peut-on estre sans crainte,

CLEANTE

Ah Madame, que mon amour.

CRISPIN

Laissez-la vostre amour; & songez à bien jouer vostre Role, Monsieur la Valée vous attend avec impatience: & ie vais voir si le Procureur qui est auec luy depuis plus d'une heure a fait vostre affaire, & les amener, mais ie les entens.

SCENE XXV.

LA VALEE, PROCUREUR, CRISPIN, TOINETTE, MANON, CLEANTE,

CRISPIN

Monsieur voila le Capitaine de Mr. vostre Fils Sainte Croix qui vient vous asseurer qu'il

Fii

le porte bien, & qui vous le rendra quand vous
voudrez.
Oüi Monsieur, je vous en fais le maistre & suis
ravi d'avoir cette ocasion de vous témoigner à vo?
& Mademoiselle, que ie suis tout a vous

LA VALEE
Ah Monsieur que ie vous ai d'obligation.

CLEANTE
Vous ne m'en ayez pas une si grande, que vous le
pensez. LA VALEE
Comment de rendre un Fils à son Pere se peut-il
rendre un plus grand service ? Ah Monsieur, per
mettez que ie vous embrasse ; il me semble tenir
mon Fils. CLEANTE
Ie vous aime comme mon propre Pere.

LA VALEE
Monsieur , ie vous prie de me faire la grace de
souper avec nous, & de faire l'honneur a ma Fille
de signer a son Contract de Mariage, que ie
viens de faire avec Monsieur qui est mon Procureur. CLEANTE
Ie le signerai avec autant de joie que si c'estoit
pour moy. Donnez.

PROCVREVR
Monsieur est obligeant.

LA VALEE
Allons ma Fille, il faut que tu signe.
MANON C'est à moy d'obéir.
TOISNETTE Helas, bon Dieu
comme la main luy tremble pour signer vn Contract : j'en connois qui voudroient en pouvoir
signer une douzaine.

CRISPIN
Tu as bien la mine d'estre de ce nombre ; & un
Mari court grand risque de ne durer guere avec

101

CLEANTE

Allons tous chez moy nous réjouir.

LA VALEE

Chez vous ?

PROCVREVR

Oüi cela ce pratique ainsi.

LA VALEE

Volontiers.

CLEANTE

Mademoiselle, souffrez que ie vous donne la main.

MANON

Ie la reçois avec plaisir puisque mon Peré le veut bien

LA VALEE

Ie vous suivrai dans un moment, j'ay quelques ordres à donner. Crispin va les conduire & revient aussi-tost me querir.

SCENE XXVI.

LA VALEE

A La fin mes vœux sont exaucez, me voila le plus content des hommes : ma Fille est bien pourveue, je reverrai mon Fils dans peu de temps je n'ay plus rien à souhaiter qu'à rendre graces à Cleante d'en user si genereusement avec moy. Mais d'où vient que tu ne les as pas suivis

SCENE XXVII.

CRISPIN

POur vous dire qu'au sortir d'ici, le Procureur a remis le Contract & vostre Fille entre les mains de Cleante, disant qui luy cedoit ses droits & les a quittez. Aussi tost Cleante, vou

G

re Fille & Toinette sont montez dans un Ca-
rosse qui les attendoit, & vont comme si le Diable les emportoit.

LA VALLEE.

Ah Ciel, courons chez mon Procureur, & s'il
me fourbe, je veux le faire pendre.

Il sort.

CRISPIN

Si on pendoit tous les fourbes de cette profession
il n'en resteroit pas un. Pour moy qui n'ai plus
que faire icy, je quitte le cabaret pour suivre la
belle Cabareriere.

FIN.

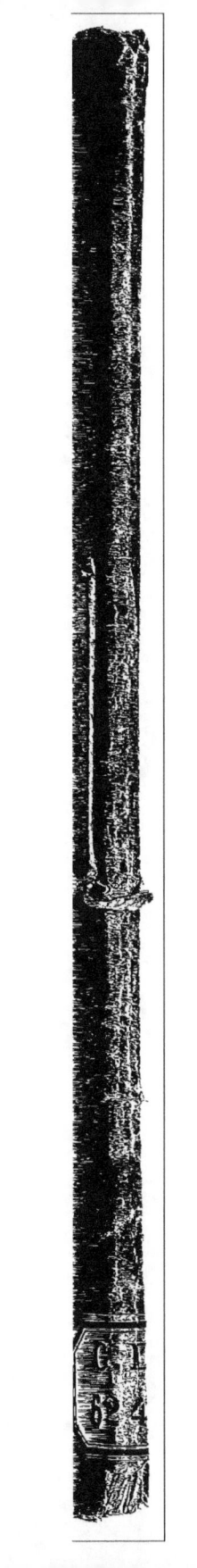